H. E. Brandeis

Mémoires et observations

Antigonos

H. E. Brandeis

Mémoires et observations

Réimpression inchangée de l'édition originale de 1839.

1ère édition 2024 | ISBN: 978-3-38605-731-8

Antigonos Verlag est une marque de Outlook Verlagsgesellschaft mbH.

Verlag (Éditeur): Outlook Verlag GmbH, Zeilweg 44, 60439 Frankfurt, Deutschland
Vertretungsberechtigt (Représentant autorisé): E. Roepke, Zeilweg 44, 60439 Frankfurt, Deutschland
Druck (Imprimerie): Libri Plureos GmbH, Friedensallee 273, 22763 Hamburg, Deutschland

MÉMOIRES

ET

OBSERVATIONS

POUR

SERVIR A L'ÉTUDE ET AU TRAITEMENT

DES MALADIES MENTALES

PAR

H. E. BRANDEIS,

DOCTEUR EN MÉDECINE.

Tous les hommes peuvent se tromper :
humanum errare . . . .
Mais le sage découvrant son erreur,
en revient aussitôt et s'en corrige ;
tandis que l'aliéné, incapable de la reconnaître
trahit par cela même son triste état moral.

PARIS,

CHEZ F. G. LEVRAULT, LIBRAIRE, RUE DE LA HARPE, 18,

STRASBOURG,

MÊME LIBRAIRE, RUE DES JUIFS, 33.

NICE,

IMPRIMERIE ET LIBRAIRIE SUCHET FILS,

1839.

NICE, IMPRIMERIE DE SUCHET FILS.

A Monsieur **Esquirol,**

Médecin en chef de la maison Royale de Charenton,

Chevalier de la Légion d'honneur,

Ancien Inspecteur-Général de l'Université,

Membre de l'Académie Royale de Médecine

ETC. ETC.

Hommage de respect & de gratitude
par un de ses élèves les plus dévoués.

H. E. BRANDEIS.

AVANT-PROPOS.

Par une suite de mémoires et d'observations que je compte publier successivement, j'espère apporter mon tribut à l'étude des maladies mentales qui, parmi les spécialités médicales, occupent un rang si élevé, mais si solitaire.

La raison pour laquelle la médecine psychique offre un aspect moins florissant que les autres branches de l'art de guérir, me semble tenir en partie à la place isolée, froide, qu'elle occupe dans le vaste domaine de la science médicale même; en partie au peu de lumière qui lui est fourni par les sciences dites accessoires de la médecine, et même par la physiologie et l'anatomie pathologiques; enfin au trop petit nombre d'ouvriers qui travaillent à la cultiver : surchargés de besogne ils ne peuvent pas lui consacrer tout le tems convenable. C'est à cette triple cause que je crois devoir attribuer le peu de progrès qu'a faits l'étude de la folie mise en comparaison des autres branches de la médecine.

D'un côté nous voyons le champ à labourer immense, difficile, dur (je me garderai bien de dire *ingrat*); de l'autre nous manquons d'instrumens, mais surtout de bras, ou pour être moins figuratif, de cerveaux (bien et mal organisés) : d'où *ipso facto*, la rareté des produits.

Au milieu de cette disette, a paru comme un envoi spécial de la providence, l'incomparable livre de M. Esquirol. Mais voyez tout le temps qu'il a fallu à l'illustre maître pour nous le préparer « plus de quarante ans d'études et d'observations. »

Par bonheur que ce sont deux volumes compactes, substantiels, dont chaque phrase est un axiôme de psychiatrie (¹).

C'est cette parcimonie de productions qui m'a fait penser qu'on ne recevrait peut-être pas avec une totale indifférence, seulement de tems en tems et faute de mieux, une *mince* brochure consacrée exclusivement

---

(¹) On désigne en Allemagne, sous le nom générique de *psychiatrie*, tout ce qui se rapporte à l'étude et au traitement de l'aliénation mentale.

à la médecine psychique. Dans ces feuilles se trouvera déposé tout ce qui se présentera à mon observation directe et indirecte. Je dis *directe* pour les matières qui me seront propres, en opposition des *indirectes*, c. à. d. de celles qui me seront fournies par des confrères nationaux et étrangers. Partout où je tomberai sur un fait curieux (comme par exemple le cas de maniaco-mélancolie périodique appartenant à M. le Docteur Amelung, *voyez page* 27, ou un article intéressant comme l'essai sur le tartre stibié par le Professeur Friedreich, voyez plus loin ma traduction mais tous sujets ayant trait à la psychiatrie) je les consignerai ici, et j'enrichirai la littérature medicomentale française.

Je ne serai donc que simple et humble ouvrier — chacun selon ses forces — je ne ferai que ramasser des matériaux épars : viendront ensuite des maîtres, et des architectes, qui arrangeront et ordonneront. Mais leur présenter la matière crue, leur épargner des recherches fatigantes et du temps, n'est-ce pas contribuer à la construction du bâtiment?

Si l'on ouvre un livre sur la folie, il n'est pas constant de trouver un chapitre traitant des maladies mentales périodiques. Et si l'on est assez heureux d'en trouver un, on est le plus souvent désappointé.

Périodique, périodicité, sont des termes presque toujours associés aux fiévres intermittentes, quotidiennes, tierces, ou quartes, réveillant dans l'esprit du médecin l'idée d'une répétition, à jour, à heures fixes, de telle ou telle affection; or c'est exactement ce qui n'arrive pas dans ce que les auteurs entendent d'une aliénation mentale périodique. Ils désignent généralement sous le nom de maladie mentale périodique, le trouble intellectuel qui jusqu'à sa réapparition laisse écouler un intervalle de calme plus ou moins long, sans déterminer ni la durée de l'accès ni celle de la jouissance des facultés; pourvu qu'il y ait lucidité, intermittence et souvent même seulement rémission dans les symptômes, et l'on aura suivant eux, une maladie mentale, réputée périodique. Que la lucidité et le désordre intellectuel se ressemblent pour la durée; ou que la durée de l'un soit double, triple de celle de l'autre, que les temps apyrectiques mêmes varient entre eux, qu'il se passe quelquefois une semaine, puis un mois, puis un an etc. entre une apparition et l'autre, la maladie portera toujours l'épithète de périodique.

Or je voudrais faire disparaître ce vague dans les désignations, et voir appliqué le nom d'intermittent-périodique au cas où la durée des intervalles est toujours la même, au cas où l'on serait tellement sûr de la régularité des périodes qu'on pourrait dire d'avance : aujourd'hui, 1.er Mai, M. Cork se portera parfaitement bien; il jouira de l'intégrité de ses facultés; tandis que demain, le deux, il sera mal, agité et habillé du gilet de force: car autrement il se tuerait. Après-demain, le trois Mai, au contraire on le lui enlevera, car il ira chez Gallignani, Rue Vivienne, lire les journaux, écrire à son chargé d'affaires, recevoir et rendre des visites, présider à un dîner etc. Mais, le quatre, ou lui remettra la camisole, et ainsi de suite alternativement tous les deux jours, M. Cork sera libre physiquement et moralement. Et notez que cette intermittence a été tellement régulière, que pendant six ans et demi, on pouvait et sans jamais manquer, faire, quinze jours, un mois d'avance, des invitations et des projets d'excursion. Car aujourd'hui M. Cork est bien, et capable de voir du monde; demain ou d'aujourd'hui en huit, cela ne se pourra plus, il en sera incapable. Mais le neuf, ou mieux d'aujourd'hui en quinze, il sera charmé de vous voir, il vous entretiendra de ses voyages; puis vous ferez ensemble une partie d'échecs.

A coup sûr cette aliénation simule, pour ne pas dire revêt, la forme d'une fièvre intermittente tierce. — *Vesania chronica periodica tertiana intermittens.* — Et je m'empresse de justifier le mot simuler, en faisant observer que malgré la périodicité constante des phénomènes morbides existans depuis six ans et demi, l'emploi de l'antipériodique a été plutôt pernicieux que salutaire. Et puis je démontrerai d'un autre côté que dans les maladies mentales périodiques (du moins dans le cas individuel) il n'y a jamais lucidité parfaite mais seulement apparente.

Est-il une situation plus pénible que celle d'un individu jouissant, par intervalles, de la plénitude de ses facultés? Et combien n'est-il pas difficile pour la société (médecine légale) de se prononcer contre un homme qui se métamorphosant perpétuellement et périodiquement, ne se présente jamais sous sa véritable face !

On ne conçoit guère une condition plus affligeante

que celle d'un homme bien élevé, d'une instruction variée, pourvu de tous les élémens de bonheur, mais aussi qui avec la conscience de ces rares priviléges, sait que les heures de son bonheur lui sont mesurées et même comptées. Car sous peu il doit être encore le plus malheureux des malheureux. Et puis y a-t-il quelque chose de plus complexe et de plus équivoque que le cas singulier d'un individu qui placé aujourd'hui dans le monde, remplit ses devoirs sociaux, appose sa signature aux papiers soumis à son examen, approuvant ou blâmant telle ou telle mesure, tandis que demain on le verra garrotté : des barres insurmontables le sépareront de la société, de sa famille même! Privation entière de sa liberté, recours à la camisole etc. Mais ne croyez pas que ces moyens coercitifs soient une punition pour lui. Oh! non, il serait plus qu'embarrassé d'avoir la liberté à sa disposition. Car pour se déterminer il lui faut une volonté du dehors. Pour trouver salut et protection il faut qu'une autorité étrangère vienne régler ses mouvemens et ses actes.

Pour être mieux compris, je décrirai M. Cork, ce qu'il est *avec*, et ce qu'il est *sans* la camisole. Et son histoire, je la ferai suivre de mes réflexions.

M. Cork (*nom supposé*), anglais issu de parens riches, âgé de quarante-neuf ans, est d'une excellente constitution; sa taille est élevée, ses cheveux châtains, ses yeux bleus. A l'âge de vingt ans il fut atteint d'une fièvre cérébrale, mais il en guérit parfaitement. Jusqu'à l'âge de trente-cinq ans, aucune autre maladie grave ne vint troubler sa santé.

L'éducation de M. Cork, commencée dans un collége ecclésiastique, fut terminée à Edimbourg sous la surveillance même d'un Évêque. Aussi M. Cork est-il bien religieux, et remplit-il tous ses devoirs avec le plus grand scrupule : mais en cela il ne fait qu'imiter l'exemple de ses parens.

Son père a été aliéné (*délire religieux*); sa grand'mère et sa tante (*maternelles*) ont été folles, et une sœur de M. Cork est également dans une maison de santé.

M. Cork se marie à l'âge de vingt-sept ans en suivant sous ce rapport l'inclination de son cœur. Six enfans d'une rare beauté et tous vivans complétent son bonheur domestique.

Lecture, agriculture et chasse à cheval forment l'occupation principale de M. Cork. Il est porté comme un grand nombre de ses compatriotes aux boissons alcooliques.

En 1825 une partie de chasse donna lieu à un écart de régime : il prit trop de spiritueux, s'en échauffa, vit une femme publique : une gonorrhée ou quelque chose d'une nature semblable en résulta. Un chirurgien de campagne soigna l'écoulement. Un rétrécissement du canal de l'urètre survint.

L'emploi du mercure, du cathéterisme, des bains locaux, six semaines de traitement continuel, ne convainquent pas M. Cork de son entier rétablissement.

Il en devint triste, beaucoup moins communicatif et renfermé en lui même. Préoccupé de sa santé il fallait à chaque instant consulter et chercher le médecin.

M. Cork accompagné d'un ami, entreprit, sur l'avis des médecins, un voyage de distraction. L'ami ayant peu d'influence sur le malade, M. Cork suivit ses propres inspirations, et continuait de se livrer à des écarts de régime.

Son état empira. Il s'exaspérait, s'agitait, menaçait et en voulait aux personnes qui l'entouraient.

Il fut placé dans une petite maison près de Londres, avec un gardien, et un médecin se chargea de le traiter.

Éloignement de ses proches, isolement presque absolu pendant deux ans, force, rigueur, sévérité, lois d'un athlète gardien, rien n'amena la moindre amélioration dans l'état mental de M. Cork.

On essaya le sol de la France. La famille se rendit à Rouen. M. Foville fit prendre au malade des bains ; application froide sur la tête, doux purgatifs, tout échoua. Les hallucinations surviennent : délire religieux, il est préoccupé de l'enfer, du diable etc. Agitation continuelle, mobilité sans relâche ; l'usage de la camisole devient indispensable, même de rigueur.

La maladie faisant des progrès, la famille se décida à aller s'établir à Paris pour y consulter M. Esquirol.

Les conseils de ce médecin lui furent du plus grand secours. En effet M. Cork reprit quelques unes de ses anciennes et bonnes habitudes : il monta à cheval, se rasa lui-même, revint à la pratique de ses devoirs religieux. Confession générale, communion : le tout sans scrupule, quoiqu'il y eût déjà longtemps. Mais ce mieux-être n'était que passager. Les hallucinations se manifestèrent avec un redoublement d'intensité. Il redevint violent, commanda avec tyrannie, bouleversa, cassa tout dans la maison, déchira ses habillemens ; il chanta, et cria alternativement ;

son appétit sexuel devint excessif : une nouvelle
gonorrhée; et avec tout cela son agitation était sans
bornes.

Comme il était difficile à contenir chez lui, on le
plaça à **Ivry**.

Bains, douches, purgatifs, sangsues etc. tous les
moyens thérapeutiques et hygiéniques les plus ration_
nels, les mieux entendus, et continués pendant deux
ans, n'empêchèrent pas la maladie de faire des
progrès. Deux phénomènes extraordinaires furent
remarqués à cette époque : 1.º C'est sur sa propre
personne qu'il dirigeait maintenant sa fureur, et il
était calme à l'égard des autres ; 2.º M. Esquirol
reconnaissait en son pensionnaire deux états offrant
entre eux un singulier contraste : l'un était marqué
par le calme et la lucidité, et l'autre par l'agitation.
C'est de cette époque que date la périodicité, mais
elle ne s'est constituée régulière que plusieurs mois
après.

En 1852 M. Cork quitta Ivry pour faire un voyage
en Italie, accompagné de son épouse et d'un médecin. Plus tard et arrivé à Rome, sa femme le quitta,
espérant qu'une nouvelle séparation apporterait du
mieux.

En somme, le voyage de l'Italie, d'un an de durée,
n'a produit aucun bien.

Voici l'état dans lequel je l'ai trouvé au mois de

Novembre 1833 , et qui est aujourd'hi à peu de chose près encore le même.

Habillé d'un gilet de force , et couvert d'un manteau, il se promène à grands pas dans le salon ; sa figure exprime la souffrance, ses traits tirés indiquent la douleur ; ils sont comme grippés. Son teint est jaunâtre. Dans les momens d'exacerbation ses yeux roulent avec vivacité. Regard incertain et hagard ; point de fièvre , chaleur normale. La nuit n'est jamais entièrement tranquille. La nuit il y a toujours agitation : toute la différence ne consiste que dans le plus ou le moins. Toutes les fois qu'il se réveille il est plus mal et se met à crier. Et puis s'il dort deux ou trois heures, s'il a le bonheur d'en dormir quatre, il dit avoir passé une excellente nuit. Depuis cinq ans et demi que je l'observe, il est rare que son sommeil soit plus prolongé ; et malgré l'insomnie, M. Cork ne s'en porte pas plus mal. Ses fonctions animales sont parfaites. Cette exacerbation dans les symptômes se remarque aussi le jour, si M. Cork parvient à s'endormir ou seulement à s'assoupir. Et cette envie de dormir le prend plus aisément dans les grandes chaleurs de l'été, ou au coin du feu ou en voiture. Il est essentiel d'employer tous les moyens possibles pour prévenir ce sommeil : car il est certain que le réveil sera agité. Quelques instans de sommeil suffisent pour provoquer le plus furieux des paroxismes, et ainsi changer un jour lucide en accès;

S'il a les mains libres, en se réveillant, la première chose qu'il fait c'est de se frapper la tête : et bientôt les oreilles sont ensanglantées et les yeux ecchymosés.

C'est ce penchant à se blesser qui rend l'emploi de la camisole si fréquent ; déjà à plusieurs reprises on voulait en diminuer l'usage trop habituel. Et je vois par une consultation datée de Paris 14 Février 1828 que notre illustre maître Esquirol insista déjà pour qu'on mît moins souvent cette chère camisole à M. Cork.

La mise du gilet de force est une cause de satisfaction au point qu'il serait même vivement contrarié si on le lui refusait. D'ailleurs il ne pourrait pas s'en passer. Et encore cette camisole ne suffit-elle pas pour prévenir tous les accidens.

C'est ainsi qu'il se jette avec violence par terre, se frappe la tête contre les genoux ; se lance avec force la tête contre le mur, contre une cheminée, contre tout corps dur. Et ce n'est qu'à l'aide d'un épais pansement autour des genoux, d'un gros bonnet ouaté de crin, qu'on parvient à le préserver de tout accident (¹), à échouer les mille accidens qu'il cherche à se faire. Autrefois il ôtait la camisole et se mettait tranquillement à table pour prendre ses

---

(¹) Tulpuis désigna co genre particulier de mouvement des genoux sous le nom de malleatio.

repas. Mais en 1834 un accès de fureur le prit : il cassa un verre en s'en frappant la tête, et depuis cette époque il ne lui est plus permis de s'asseoir à table — on lui donne à manger

Non seulement il se soumet à ces précautions sans résistance, mais il demande même avec instance qu'on les emploie.

La camisole, dit-il, me sauve la vie, c'est ma meilleure amie ; le bonnet me garantit la tête, mes mains vont forcément contre la tête ; et les bandages empêchent que mes genoux soient contusionnés.

Il est tellement accoutumé à cette camisole qu'elle ne l'empêche jamais de dormir. Pour qu'il jouisse du repos et de la sécurité au lit, il faut un appareil complet de moyens protecteurs, bien difficile à décrire. Des courroies tiennent les pieds et bras fixés au bois de lit : la camisole seule serait bientôt déchirée, d'ailleurs elle n'empêcherait pas que les genoux ne battîssent l'un contre l'autre, ou que tous les deux n'allâssent contre la tête.

Ces différens liens le fixant ainsi au lit ne semblent pas trop le gêner : néanmoins il ne paraît pas toujours à son aise, et il dit :

« Si vous saviez combien je souffre, je suis sûr que vous me plaindriez. »

Souffrez-vous de la tête, de la poitrine, du ventre ? Où souffrez-vous ?

« Je ne souffre nulle part, c. à. d, je ne souffre pas au corps.

« Vais-je mourir ? Je suis mourant. » Quelques instans après, il demande, il supplie son domestique de lui ôter la vie.

« Coupez-moi la gorge, donnez-moi un couteau, enterrez-moi vivant, je vous donnerai la moitié de ma fortune. Je suis un monstre, je n'ai point d'âme, le diable est en moi. »

Préoccupation, irrésolution. Il se passe quelquefois plusieurs minutes jusqu'à ce qu'il parvienne à se mettre en mouvement pour aller d'un endroit à un autre. Au milieu du chemin il s'arrête quelquefois pour se demander de quel côté il doit se diriger.

Les objets les plus insignifians peuvent fixer son attention et donner lieu à des associations d'idées toutes bizarres. Il se parle toujours à lui-même et toujours en anglais. Malgré le désordre profond de l'entendement, malgré l'affaiblissement de la volition et du discernement, il peut pourtant et souvent, entendre la lecture de quelque livre, et s'en rappeler le sens quelques jours après : quoique pourtant pendant la lecture il semblât distrait, et que son esprit parût absorbé par ses pensées favorites. Il a la conscience de tout ce qui se passe avec lui et autour de lui, pendant l'accès. Même en voyage quoiqu'il ait été souvent très agité il se rappelle le lendemain les paysages, les villes qui ont passé devant ses yeux, le jour et le moment où il a été le plus furieux. Il n'y a donc pas la moindre ressemblance entre ce délire et celui des maladies aigues, si ce n'est le nom.

Les affections de M. Cork ont subi de profondes altérations. Dans ce moment il aime sa femme beaucoup plus qu'il ne l'aimait il y a quelques années; ses parens et ses enfans étant absens, il ne s'en occupe guère.

La saignée générale n'a jamais été employée; très probablement à cause de l'extrême difficulté à la pratiquer sur lui, par rapport au gilet de force qui ne le quitte presque jamais. Mais comme il redoute cette opération nous l'en menaçons quelquefois et elle devient par cela même sédative. M. Cork est égoïste au plus haut point, semble insensible aux nombreux sacrifices que sa famille fait pour lui. Il ne manifeste jamais la moindre reconnaissance. Est-ce ingratitude? Ou bien sa grande fierté l'empêcherait-elle de témoigner ses sentimens de reconnaissance?

Mais on commettrait la plus grande injustice envers M. Cork en le supposant toujours aussi mal que je viens de le peindre d'après nature. Il a des rémissions, il a des intermittences régulières, oui de très régulières, affectant le type intermittent tierce. Il y a des jours où il jouit de la plénitude de ses facultés, où il sait se déterminer et même déterminer les autres, et où il devient en quelque sorte moralement responsable de ses actes. C'est donc avec raison que nous distinguons de *bons* et de *mauvais* jours.

A l'approche des intervalles lucides, les traits de

M. Cork s'arrondissent, ses rides disparaissent, un sourire gracieux se dessine autour de ses lèvres et toute sa physionomie change d'expression.

Il se fait enlever la camisole : il se lave, se met à faire belle toilette, et le voilà métamorphosé en nouvel et véritable homme.

Une disgrâce pour notre profession, mais surtout pour son médecin actuel, c'est que l'apyrexie une fois complète, l'autorité médicale ou plutôt doctorale, lui devient onéreuse, gênante ; et toutes les fois qu'il peut s'y soustraire, il en saisit l'occasion avec le plus vif empressement. Il employait souvent le ministère de son épouse pour me demander de le laisser se promener seul : aimant à se débarrasser temporairement du joug du médecin. Mais aussi en revanche de ces momens de disgrâce, le médecin redevient son ancre de salut pendant les accès.

Une fois le bon jour déclaré, il demande qu'on lui ôte la camisole, et qu'on lui remette les lettres à son adresse. Il les lit avec la plus grande attention et y répond. Les affaires expédiées, il devient sociable, il demande qu'on lui amène ses enfans qui viennent l'embrasser, c'est avec tendresse qu'il leur rend leurs caresses. Enfin M. Cork redevient ce qu'il était avant sa maladie, c. à. d, bon mari et père affectionné.

Il va en société, au spectacle, sur toutes les places publiques, et comme il n'a pas le *facies* caractéristique des aliénés, personne ne se doute que c'est un habitué à la camisole. Rentré chez lui, il s'occupe beaucoup de lecture, lit régulièrement les journaux, se met au courant de la politique; il est surtout grand amateur des narrations de voyage. Sa mémoire est prodigieuse. Il y a peu de professeurs qui sachent mieux l'histoire moderne que lui. La chronologie, la généalogie et la géographie sont les sciences où il excelle. Pour les études philosophiques ou sérieuses il n'a jamais eu de goût.

Dans ces jours de bonheur, il ne parle jamais de ses souffrances de la veille. Il sait bien que l'aliénation existe dans sa famille; mais à ses yeux l'aliénation mentale n'est pas une maladie.

Dans ces intervalles lucides il forme les plus beaux projets, il entreprendrait les plus longs voyages : enfin il ne pense plus au lendemain.... Mais par contre, redevenu mal, il n'espère plus qu'il sera mieux. Il est toujours pour le moment présent.

Il finit sa lecture à dix heures et demie : il embrasse ses enfans, dit bonsoir, et va se coucher.

Il demande qu'on lui mette sa camisole — et tout l'appareil du lit, et même au grand complet.

Sommeil d'à peine une demi-heure, et le voilà de nouveau changé en maniaque. Le dualisme recommence. « Ce n'est pas moi qui crie, qui parle, qui ai dit cela, c'est un autre. » Il pousse des vociférations affreuses. Sa voix fait trembler; et c'est sans doute à la bonne structure de ses poumons qu'il

doit le peu d'enrouemens et de catharres qu'il a.
(Par parenthèse j'observerai ici, qu'il y a deux maladies dominantes dans sa famille : la phthisie et la folie.
Il y en a qui meurent phthisiques et d'autres aliénés.)
Le lendemain il se lève étant mal, le matin il n'est
jamais bien, pas même les bons jours ; ceux-ci ne se
manifestent jamais de bonne heure. Il reprend ses
promenades du salon ou du jardin, et ne ressemble
plus à ce qu'il était la veille. Il existe chez lui une
sorte de catalepsie mentale : les mauvais jours se
font suite, et les bons jours se lient entre eux.

Ses particularités, ses fantaisies, ses habitudes
sont les mêmes, telles qu'elles étaient il y a quinze
ans. Ses amis m'assurent qu' abstraction faite des
changemens apportés par le destructeur universel,
le tems, dans la couleur de ses cheveux, de son
teint etc. M. Cork était encore ce qu'il était à l'âge
de trente ans... Et pourtant son trouble intellectuel
date de quatorze ans. C'est que dans les bons jours
il peut recouvrer les pertes qu'il a éprouvées les mauvais jours.

Si ses nuits sont tranquilles, ses jours sont agités ;
si par bonheur (ou peut-être par malheur) il dort
un peu mieux que de coutume, ses jours sont encore
plus turbulens. On dirait pour ainsi parler, qu'une
certaine somme de fureur donnée veut être dépensée
en une ou deux fois vingt-quatre heures. La consom-
mation se fait-elle lentement, il n'y a que rémission,

calme, et point de momens *lucides*. Se fait-elle au contraire rapidement et d'une manière accélérée, le *bon* jour se déclare plus tôt et anticipe même. C'est ainsi que nous l'avons vu une fois extrêmement agité jusqu'à minuit — et à minuit un quart, l'entendement fut parfait.

Depuis près d'un an, la périodicité a perdu de sa régularité; mais les bons jours, après plus ou moins de tems, ne manquent jamais de revenir. La tendance à la périodicité existe toujours.

Deuxième Observation.

M. le Docteur F. AMELUNG, médecin en chef de l'hôpital des aliénés à Hofheim, près Darmstadt, Grand Duché de Hesse-Darmstadt, dans son ouvrage publié en commun avec le Docteur BIRD, *Vol. 1. page 176*, cite un cas d'aliénation mentale qui présente alternativement un intervalle lucide de quinze jours, qui succède à un paroxisme maniaco-mélancolique d'une égale durée. L'auteur considère le cas comme unique dans la science.

Je m'en vais en rapporter l'essentiel. « J. H. est actuellement un homme de trente ans qui ayant reçu de son maître, pendant son apprentissage de tourneur, un coup sur la tête, devint maniaque. Au commencement les accès ne révétirent aucune forme fixe : ils revinrent à des intervalles plus ou moins éloignés. Mais plus tard il s'établit deux états distincts : l'un, d'une lucidité parfaite, et l'autre d'une profonde mélancolie ou d'agitation. Ces deux états se succédaient alternativement et duraient chacun quinze jours.

« Les premiers quinze jours que le malade passait à l'hôpital, il ne manifestait aucun signe qui trahît son aliénation : il n'offrait aucune anomalie ni physique ni morale. Ce n'était qu'à la fin des deux premières semaines, quand l'époque du paroxisme s'approchait, que le malade tombait dans une profonde rêverie : débutant toujours par la plus sombre mélancolie et le manque total de la volonté (*Willenlosigkeit, abulia :*) et ce n'est qu'alors que j'ai su pourquoi on l'avait amené dans une maison de fous ; au commencement je croyais que ce n'était qu'entêtement ou obstination : mais bientôt j'ai reconnu que c'était réellement un véritable état maladif.

« Les traits s'altèrent, il commence à soupirer profondément, il reste immobile comme une statue ; il ne prononce plus une syllabe, rejette tous les alimens qu'on lui offre ; à peine s'il prend assez de pain pour prolonger son existence. Sa figure devient pâle, ses joues creuses, mais sa conjonctive est trouble et injectée.

« Sa langue est propre, d'un rose blanchâtre, son pouls petit, lent et presque rare : une fois que le pouls devient plus fréquent, c'est un signe que l'accès va finir. Les extrêmités supérieures et inférieures sont froides, ce n'est que le front qui est chaud. Sa respiration, semblable au pouls, devient lente et imperceptible. Pendant le paroxisme il ne dort que fort peu — et le peu qu'il dort, il rêve.

« Le phénomène le plus curieux qui s'observe chez ce malade c'est que pendant l'accès, il ne délire jamais, il ne manifeste aucun trouble intellectuel, c. à. d. que ni ses paroles ni ses actions ou actes ne sont déraisonnables, en ce sens, qu'elles ne renferment rien de désordonné. Et une fois revenu à lui-même, il m'assure qu'il se rappelle tout ce qui se passait avec lui pendant le paroxisme.

« Ce cas (c'est toujours Amelung qui parle) ne doit-il pas être considéré comme une véritable *abulia* (privation complète de la volonté) si toutefois on est disposé à admettre une telle forme d'aberration mentale? Mais le plus scrupuleux examen ne m'a pas permis de découvrir chez ce malade *la moindre souffrance du côté de la poitrine ou de l'abdomen;* l'abulia (la privation de la volonté) n'apparait ici que comme un trouble psychique, effet d'une affection cérébrale produite dans le tems, par le coup porté, sur la tête et dont on voit encore la cicatrice dans la partie moyenne de l'occiput. La blessure de la boîte cranienne peut avoir donné lieu à quelque désordre dans la végétation des os, ou des méninges les plus proches. (¹)

(¹) Je mets en regard de cette remarque hypothétique de Amelung quelques lignes, extraites du traité sur la manie par Pinel, « qui prouveraient que le point de départ de l'accès commençait plutôt en bas pour se diriger en haut. Dans le § XVIII. Section 1.ᵉʳᵉ il est question de la

« Au commencement ces accès présentaient un type
régulier de quinze jours à quinze jours : toutes les
deux semaines on était sûr qu'un intervalle lucide
de quinze jours viendrait remplacer un paroxisme

---

manie qui consiste exclusivement dans la lésion de la volonté » et l'auteur y rapporte une manie qui était périodique
(Pinel ne dit pas si c'était une maladie périodique *régulière*
ou à retour fixe) et si elle se renouvelait quelquefois après des
intervalles de calme de plusieurs mois. Telle était la marche
de ses accès. « D'abord sentiment d'une ardeur brûlante
dans l'intérieur du *bas-ventre*, puis dans la poitrine, et
enfin à la face ; coloris des joues, regard étincelant . . .
. . . . . Nulle marque de lésion dans la mémoire, l'imagi-
nation ou le jugement.

« Cet homme avait un penchant presque irrésistible à
l'homicide. »

Je ferai remarquer encore que Pinel voit chez cet homme surtout la *volonté lésée* — ce ne serait plus une *abulia*,
mais plutôt une volonté pathologiquement *exaltée* — parceque il y aurait encore trois formes de lésions de volonté :
exaltation, diminution et perversion etc.

D.ʳ Amelung a principalement fait ressortir la non-exis-
tence des douleurs, dans les cavités thoraciques et abdo-
minales, à cause que le D.ʳ Groos, médecin en chef de
l'établissement de Heidelberg, a prétendu que *l'abulia* (qui
du reste ne constitue pas une maladie à part, mais seulement un *symptôme* de maladie) se trouvait dans un rapport
constant avec quelque lésion organique ou fonctionnelle
d'un viscère (surtout du cœur) de la poitrine ou du bas-
ventre.

Or, si le cas d'Amelung tend à infirmer l'idée hasardeuse
du D.ʳ Groos, celui de Pinel au contraire tend à la confirmer.

d'une égale durée. L'emploi d'un grand nombre de remèdes extérieurs et intérieurs n'en empêcha moins le retour périodique.

« Cependant abandonnés à eux-mêmes, ils ont quelquefois perdu de leur périodicité fixe, et ils durent plus longtems qu'au commencement.

« Avec la disparition de l'accès retourne l'appétit : les forces reviennent et la bonne mine reparait. Il redevient gai, agile, dispos, je dirai presque léger ; la fréquence du pouls augmente, et une chaleur égale se répand sur toute l'étendue de son corps.

« Il est à noter qu'à mesure que le paroxisme se dissipe il ressent une certaine faiblesse nerveuse, des vertiges ; la tête lui tourne, les accidens s'exaspèrent souvent jusqu'à devenir épileptiformes.

« Ce cas offre surement le plus haut intérêt autant à cause des curieuses particularités qu'on y lit que par rapport aux nombreuses considérations qu'on pourrait y rattacher. Il renferme bien des choses énigmatiques, et il se trouve sans pareil dans les annales de la médecine mentale. »

Je me suis mis en rapport avec l'auteur de cette histoire, d'abord pour combler quelques lacunes que j'y remarquai, puis pour avoir des éclaircissemens sur plusieurs passages de cette intéressante observation, et enfin pour lui demander s'il existait encore en sa connaissance, quelques cas analogues.

Je n'ai pu apprendre la durée de la périodicité, ou depuis combien de tems en tout elle avait persisté.

La périodicité dans le sens rigoureux du terme n'existe plus : les intervalles d'agitation surpassent les lucides. La mélancolie s'est changée en manie ; de sorte qu'il arrive souvent que l'accès manianco-mélancolique dure quatre semaines, tandis que le retour à l'état normal ne compte que quinze jours. Amelung termine son obligeante épître en me disant, que, dans les archives de la médecine, il n'était parvenu à sa connaissance aucun fait semblable. Il me renvoie seulement au cas d'une femme de cinquante cinq ans, qui, guérie d'une mélancolie, est tombée dans une fièvre intermittente larvée, au type de quinze jours. Ce cas, me dit-il, se trouve consigné par le Docteur de Vivenot de Vienne, dans la feuille hebdomadaire de Casper 1835 N.º 39, que je n'ai pas pu me procurer.

Le malade de M. Amelung et le mien ont ceci de commun, que tous les deux sont des hommes. Que tous les deux se rappellent ce qui se passe autour d'eux et avec eux pendant l'accès. La même chose a lieu dans le cas, rapporté par Pinel.

C'est principalement la volonté qui se trouve lésée chez nos trois malades.

Comme chez M. Cork, aussitôt que J. H. commence à devenir bien, sa physionomie redevient expansive, rayonnante, arrondie, gaie.

La périodicité s'est dérangée dans les deux cas. L'état d'agitation surpasse celui de lucidité.

Tous les deux ne sont affectés d'aucune maladie physique , et dans l'intervalle lucide , ils n'offrent rien d'aliéné. Le D.ʳ Amelung a observé avec moi , que ni les phases de la lune, ni les différentes saisons de l'année n'influaient sur l'ordre régulier des deux stades.

Nos deux observations diffèrent en ce que M. Cork est plus maniaque que mélancolique.

Les causes agissantes étaient également d'une nature opposées : l'une innée et héréditaire , l'autre extérieure et accidentelle.

L'appétit de mon malade est toujours bon , bien ou mal ; celui de J. H. n'est bon que dans l'intervalle lucide.

Pour tirer le meilleur parti possible de notre observation, (M. Cork), je la mettrai successivement en rapport avec les différentes branches de l'art de guérir. Le degré d'importance que j'attache à chacune de ces sciences, suivant leur utilité relative , m'indiquera l'ordre à suivre dans l'exposition de mes réflexions.

Avant tout, nous sommes appelés à guérir ou à soulager ; ainsi nous avons à commencer par :

§ 1.er THÉRAPEUTIQUE.

« Judicium difficile, experimentum periculosum. »

Pour prouver d'une manière péremptoire que la *manie périodique* décrite par M. Pinel n'est pas la notre — citons ce qu'il dit à la page 255 de son traité : « parmi les cinq espèces d'aliénation qui régnent dans les hospices, une seule, la *manie périodique* avec délire, est celle qui guérit le plus fréquemment. » Or d'après ce que j'ai entendu dire par les médecins qui s'occupent d'une manière spéciale du traitement des aliénés (MM. Esquirol, Goergen, Pienitz, Groos, Jacobi, Nasse, Amelung) c'est le cas contraire qui aurait toujours lieu. D'après eux ce seraient les vésanies périodiques qui seraient les plus rebelles, celles qui résisteraient le plus aux essais thérapeutiques. Et en effet nos deux cas, celui d'Amelung et le mien, ne font qu'infirmer le pronostic de Pinel et confirmer celui de nos contemporains.

Mon illustre maître dans son incomparable article « folie » *Vol.* 16 *du Dict. des Sc. Méd.* dit que l'hérédité n'est pas une cause d'incurabilité, mais qu'elle rend la guérison plus incertaine, plus difficile, et la rechute plus à craindre. Et dans le cas que je cite il y avait un tems où M. Esquirol ne perdait pas tout espoir. En 1828 le praticien dont l'autorité est d'un si grand poids disait : « quoique cette maladie soit héréditaire, quoiqu'elle persiste depuis plus de deux ans, on peut conserver quelque espoir, surtout d'après l'exemple de guérison de la longue maladie du père de M. Cork. »

A cette chronicité de deux ans il faut en ajouter onze autres... et puis en 1828 le cas, devant nous, ne présentait pas tous les signes de gravité qu'il offre actuellement. Ces deux considérations rendent donc encore plus chanceux le peu d'espoir qu'on entretenait déjà alors.

Si votre malade, me disait un jour mon illustre protecteur, guérissait, ce serait sans médecin et sans médecine. « Cette sentence du maître me semble l'équivalent de ce que l'immortel Pinel entendait dire des guérisons qui s'opéraient par le seul régime moral ou physique. »

Dans tous les cas le tems propice d'un traitement curatif est passé; et celui que nous employons est uniquement palliatif (ou préservatif dans le sens de conservateur.)

Nous traitons M. Cork avec toute l'humanité, toute la douceur possible. Mais, suivant les circonstances, nous ne manquons pas d'énergie.

Modifier *notre* moral d'une manière imperceptible pour lui, mais suivant ses périodes de crises, l'adapter toujours à *son état actuel* — voilà en quoi nous faisons consister notre traitement moral.

Pour éviter qu'il puisse se faire du mal nous employons :

a. La surveillance.

b. La camisole.

c. Le bonnet ouaté et l'appareil particulier du lit, consistant en courroies.

L'agitation augmentant, nous essayons :

a. Les bains généraux (28.° à 30.° R.)

b. La chambre obscure, les compresses froides sur la tête.

c. Les doux purgatifs.

d. Le tartre stibié, à doses réfractées.

e. Six sangsues à la marge de l'anus plutôt comme dérivatives que comme déplétives.

L'agitation devenant excessive, nous avons à nous louer des effets secondaires de l'emploi de l'émétique à dose suffisante pour produire le vomissement.

Au printems de 1834, à l'époque où l'homéopathie se trouvait à l'apogée de sa faveur, l'épouse de M. Cork désirait essayer, ce qu'elle appelait, la dernière tentative. Nous nous rendîmes en conséquence à Coethen - Anhalt, où Samuel Hahnemann pendant deux mois consécutifs, administra sur mon malade, les médicamens préparés par lui-même. Les infinitésimales mises sur la langue de M. Cork par le fondateur de la quasi-nouvelle doctrine, ne firent qu'exaspérer les symptômes de mon malade — non pas par leur activité ! Je me garderai bien d'accuser leur innocence — personne plus que moi n'est convaincu de leur impossibilité de nuire. Parceque pour observer des effets sensibles, manifestes, je me fesais administrer par Hahnemann lui-même, des doses de médicamens qu'il regardait comme immanquables, et j'ai la douleur de le dire : nous étions désappointés tous les deux, c. à. d. moi, homme physiologique, je ne devenais nullement pathologique ; ainsi encore une fois je répète que je suis moralement et physiquement convaincu de leur entière innocuité. Mais ces infinitésimales font du mal, par leur inertie d'action, et parcequ'elles excluent l'usage simultané de nos moyens hygiéniques : les bains — administrer quelque sels neutres jusqu'à produire des évacuations alvines — appliquer six sangsues à l'anus — serait plus qu'une faute, et par conséquent formellement défendu par le maître : sous peine d'être excommunié. . . . . .

Comme il m'importait de calmer l'agitation de mon malade, que je voyais augmenter sous l'influence de la méthode passive, inerte, expectante, ou *Homéopathie,* je me voyais forcé de recourir à nos expédiens ordinaires indiqués plus haut.

J'avance que je ne crois pas impossible la guérison spontanée de M. Cork. Et voilà sur quoi se base ce pronostic.

Depuis que M. Cork est sous ma direction, il a eu quelquefois deux, trois, et même une fois six bons jours successifs. Cet intervalle lucide ne pourrait-il pas se prolonger, et même devenir définitif?

Le père de M. Cork a guéri spontanément. Un cas récent de guérison (par résolution) est arrivé chez M. Esquirol. Un abbé, tourmenté pendant de nombreuses années par des hallucinations de l'ouie les plus intenses qui le poursuivaient par tout, a recouvré l'intégrité de ses facultés, et est mort sain, du moins quant à l'esprit.

Ce n'est pas d'ailleurs chose bien rare, de voir des aliénés, peu avant la mort, recouvrer la raison. Cette perfectibilité de la raison ou de l'âme a été invoquée dernièrement par le collaborateur de M. Amelung, D.ʳ Bird, pour prouver contrairement à Heinroth, Harper et Beneke, que l'âme (ipsa anima) ne peut tomber malade. Voici comment argumente D.ʳ Bird, l. c. vol I. pag. 133.

« Si l'âme pouvait devenir malade toutes les fois que l'homme est aliéné, il faudrait que l'âme en quittant son enveloppe terrestre, allât dans l'autre monde folle, c. à. d, avec toutes ses idées chiméri- et erronées : soit pour rester toujours dans cet état, soit pour recevoir sa guérison des mains mêmes de son Créateur! Car que penser de l'immortalité d'une âme malade . . . . nous rappellerons seulement un fait qui nous parait concluant; c'est celui d'un grand nombre d'aliénés qui, peu avant leur mort, recouvrent parfaitement la raison, et vont dans l'autre monde avec une pleine connaissance de leur condition. . . . . . »

J'accepte ce dilemme sur l'immortalité de l'âme plutôt comme une chose consolante pour les pauvres malades et leurs familles, que comme une démonstration scientifique pour quelqu'un qui entretiendrait des doutes sur le sort de son âme. . . . . .

L'auteur avait du reste en vue de prouver que ce n'est que le corps, — et rien que le corps — ou l'organisme, qui puisse devenir malade. Nous montrerons tout-à-l'heure, et par ses propres écrits, que le Docteur Bird (*Vol.* I. *pag.* 61.) est dynamiste ou vitaliste.

S. 2. MÉDECINE LÉGALE.

Liberum est quod ex sola naturæ suæ necessitate et a nomine, agit.

SPINOZA.

C'est une question de la première importance de savoir jusqu'où un homme (quo homine) peut aller, et où il commence à devenir réprimable, responsable. . . . .

Dans ses intervalles lucides M. Cork ne fait rien de déraisonnable — toutes ses actions sont liées entre elles, et dans toutes les occasions il fait preuve d'un excellent jugement. Quelle que soit l'affaire de famille, soumise à son examen, il en saisit les caractères principaux, et fait part à ceux qu'elle concerne, de sa manière de voir motivée.

Ce qui m'empêche d'admettre une intermittence parfaite et entière, c'est que ces pauvres malades devraient se sentir plus malheureux les bons jours, où ils reviennent à eux-mêmes, que les jours de trouble, où à coup sûr ils ne connaissent pas leur état. Or, c'est exactement ce qui n'arrive pas chez mon malade qui se trouve très-heureux dans ses intervalles lucides, tandis qu'il se plaint assez souvent dans ses paroxismes.

Une autre raison est celle-ci : quoiqu'il prenne un grand intérêt, dans ses momens de calme, aux événemens qui se passent dans son pays, quoiqu'il écrive des lettres très-bien rédigées à sa famille, nulle catastrophe, arrivant autour de lui ou frappant un de ses amis, n'a droit de l'émouvoir.

Nul malheur, quelle que soit son étendue, ne saurait exciter sa sympathie. — Appellera-t-on cet état d'insensibilité, d'indifférence, force morale ou stoïcisme ? la prévoyante nature aurait-elle émoussé, affaibli la sensibilité exprès, pour que l'individu malade ne sente pas toute l'étendue de son malheur ?...... l'insensibilité morale forme-t-elle une maladie à part, *sui generis*, dans le cadre nosologique ? Toujours est-il que M. Cork sent anormalement, maladivement : et c'est le mieux du monde autant pour lui que pour les autres... C'est de l'optimisme !

Je suis donc porté à penser qu'il fait des actes dont il est responsable moralement, personnellement, mais pas légalement — et vice-versa. — C'est une tâche bien pénible du médecin-légiste, quand il est appelé à émettre son opinion sur un cas de cette nature : une semblable analyse est une véritable vivisection morale. Décomposer l'homme : dire ce qui appartient à l'homme sain. . . . ce qui est l'effet de l'homme malade . . . et spécifier ce qui appartient à l'homme physiologique, est une chose bien scabreuse ; car, pour bien juger un homme, il faudrait d'abord ne le *jamais* perdre de vue ! (pas même quand il va aux lieux : car là encore il pourrait se livrer au vice de l'onanisme : en est-il responsable ?) et puis il importerait d'avoir connu l'homme actuel — le sujet de l'observation — *avant* sa maladie. Car alors on commettrait beaucoup moins d'erreurs. Il y a de ces variétés de caractère, de ces manières d'être particulières qui sont de véritables idiosyncrasies morales et intellectuelles, et qu'on s'expose à con_ fondre avec la folie même. Le vulgaire appelle fou quelqu'un qui agit bizarrement, drôlement, *singulièrement,* c. à. d, pas en concordance avec la masse du monde. Souvent la conduite d'un homme n'est pas assez frappante pour qu'il soit signalé au doigt, et il passe non observé, non stigmatisé . . . . Mais quelqu'un qui serait plus sévère, qui aurait l'œil plus exercé, plus scrutateur, saura découvrir des infirmités humaines, morales et physiques, là où il n'en existe pas pour le commun du peuple.

Une autre question : les descendans de parens aliénés doivent-ils se marier ? J'écarte la partie de la question qui ne regarde que l'individu directement intéressé : je n'examine pas s'il est plus avantageux, plus prophylactique pour lui de se marier ou de rester célibataire. etc. Mais je me demande d'abord, si la réclamation de nullité de mariage de quelqu'un qui aurait épousé une personne, issue d'une famille dans laquelle l'aliénation mentale est héréditaire, sans avoir été instruit de la *circonstance*, devrait être prise en considération, s'il serait enfin fondé dans sa demande, et si le mariage devrait être annihilé de droit.

La législation impose-t-elle aux personnes héréditairement prédisposées à certaines maladies, d'en faire l'aveu à la personne contractante, avant de conclure définitivement le mariage ?

Et distinguerait-on alors les maladies, réputées héréditaires, en graves, légères etc. ? La phthisie et l'aliénation mentale par exemple seraient des maladies sérieuses — les affections dartreuses, arthritiques etc. le seraient dans un dégré inférieur. Mais souvent ce qui paraît grave à l'un, semble insignifiant à l'autre, et vice - versa.

Je ne sais si c'est par l'extrême difficulté du sujet, ou par délicatesse, ou par respect de la liberté individuelle, que la législation n'est pas explicite sur le point qui nous occupe.

L'hérédité d'un grand nombre de maladies ne peut être contestée — mon cas confirme celle de l'aliénation mentale. Je ne regarde pas l'hérédité comme une cause absolue, et entrainant avec elle, de nécessité, l'effet ; non, mais je la considère comme un élément de plus, un *pro* ajouté à la somme des autres .... qu'une personne donnée contracte une maladie donnée. Je tiendrais donc à ce qu'on s'instruisît mutuellement des maladies existantes dans la famille ; alors il n'y aura, ni à prétexter ignorance, ni à accuser dissimulation des circonstances.

§. 3. PATHOLOGIE.

On étudie mieux les aliénés en les observant en petit nombre qu'en masse.

De la Conversation avec M. Esquirol.

Dans quelle classe nosologique rangerons-nous notre malade ? Dans les vésanies sans doute, mais dans quel groupe ? Admettons pour un instant la classification de Pinel, ou plutôt celle de M. Esquirol, car je ne sais que penser des manies sans délire.

Est-il *mélancolique* ? « tuez-moi, le dernier laboureur de la France est plus heureux que moi — mon état devient insupportable. »

M. Cork est mélancolique. Est-il *maniaque* ? Je le crois bien — il faudrait voir ses accès de fureur —

ce n'est pas une manie suicide — car il tient beaucoup à la vie ; mais il a un penchant irrésistible à se blesser.

Si la *démence* consistait dans l'incohérence des idées ou des phrases, dans le manque d'attention, dans l'affaiblissement momentané de la force pensante, mon malade présenterait un cas de démence. —

Ainsi tour à tour M. Cork serait mélancolique, maniaque et en démence. Ou plus, il serait tout à la fois mélancolique, maniaque et en démence.

Or ouvrez le **Dict.** des Sciences Médicales, lisez l'article folie — mais examinez surtout les trois planches qui s'y trouvent — et vous verrez que M. Cork n'offre certainement pas les caractères y signalés.

Qu'en conclure ? Que dans les traités méthodiques, il n'y a que des maladies *idéales* dont les homologues n'existent pas dans la nature.

La maladie de M. Cork n'est d'aucune des formes mentionnées, ou plutôt elle participe de toutes. C. à. d. au lieu d'être simple, elle est complexe.

Sous le rapport étiologique, voici ma pensée :

M. Cork en venant au monde portait en lui cette cause héréditaire qui renferme en elle la prédisposante ; l'éducation peu libérale l'augmentait encore. La faute commise à Celth. devint pour lui plus qu'une simple cause occasionnelle ; elle devint réellement efficiente ou déterminante. De la partie de plaisir, nous avons vu résulter la gonorrhée qui mal soignée donnait lieu au rétrécissement de l'urètre. Cette maladie réelle (et syphilitique ! ! !) engendra l'hypochondrie (mon ami Leuret a très-bien démontré, dans ses fragmens psychologiques sur la folie, qu'il y a une sorte d'hypochondrie qui reconnait pour cause prochaine une maladie réelle , mais dont on s'exagére la gravité — la voilà !). Son affection (vénérienne !) le clouait en quelque sorte, chez lui : il devint triste , renfermé en lui-même , n'osant avouer à personne son péché (Heinroth), il désespérait de sa condition physique — et sa conscience n'en pouvait plus supporter la pensée. . . Il s'est opéré en lui une secousse, une perturbation générale et profonde, et il n'avait pas la force morale suffisante pour la calmer, pour ia comprimer, d'où le trouble intellectuel. . . . J'ai tout lieu de penser qu'un autre individu , issu de parens sains — élevé différemment, aurait réagi, avec plus de succès, contre ce choc. . .

Je n'ai pas observé que les saisons, les phases de la lune, le changement du climat, influâssent sur la marche de la maladie. Dans toutes ces différentes conditions telluriques, M. Cork a été indifféremment calme et agité. Ce dont je suis sûr, c'est que la constitution atmosphérique surtout le tems lourd et électrique exerce une puissante et *fâcheuse* influence sur son état moral.

S. 4. ANATOMIE RATIONNELLE·

(ANATOMIE ET PHYSIOLOGIE PATHOLOGIQUES.)

Post hoc, ergo propter hoc. . . . .

La pathologie nous montre chaque partie de l'organe encéphalique altérée, suppurée, détruite sans lésion de l'entendement.

ESQUIROL.

Les sujets de nos deux observations étant encore vivans, et par conséquent leur histoire sans *post mortem*, la description, *ipso facto*, paraîtra incompléte, aux anatomicopathologistes. Mais à l'autopsie même il se pourrait, qu'ils en fûssent plus désappointés que le rapporteur. Comme ils voudraient absolument trouver, il pourrait leur advenir ce qui est arivé dernière-ment à MM. Dubreuil, Rech, Lallemand et Dugès. Deux cadavres de femme leur furent envoyés du dépôt de police, pour qu'ils en fissent la nécropsie. Ils constatérent sur la masse encéphalique de l'une de deux femmes, des lésions organiques tellement étendues, qu'elles auraient très bien satisfait, ou si l'on veut, justifié l'existence d'un désordre intellec-tuel profond et général — mais il n'en était rien — la femme avec le cerveau malade, n'a jamais mani-festé, pendant toute la durée de sa vie, le moindre signe d'aliénation. L'autre au contraire qui a présenté l'organe encéphalo-rachidien dans un état d'intégrité complet a été maniaque pendant de nombreuses années, et elle est morte aliénée. . . . . Ce fait est consigné dans le compte - rendu de la Clinique des aliénés par le professeur Rech.

Qu'en conclure ?

Dans mon sens les organiciens commettent une grande faute en ce qu'ils veulent coûte que coûte, trouver ; puis après avoir réussi, faire dependre l'affection, la maladie, et souvent même la mort, de la trouvaille. En se mettant à l'œuvre, ils sont prévenus , ils adaptent ou attribuent l'effet qui n'est souvent qu'une heureuse coïncidence, ou même conséquence , à la cause. D'autres fois ils renversent la question, et prennent pour effet ce qui est cause. etc. Notez qu'ils ont toujours soin de s'informer des circonstances concomitantes, ou du nom de la maladie qui a tué.

Qu'est-il résulté de cette manière commode, mais peu logique de procéder ? Qu'il y a des organiciens plus partiaux, aux idées étendues, élastiques ou plutôt larges : l'âme étant répandue par tout le corps, la lésion d'un viscère quelconque, peu importe dans laquelle des trois cavités elle se rencontre, rend compte de l'existence d'un trouble intellectuel : Jacobi , Nasse. D'autres ayant des idées plus restreintes, moins vastes, et plaçant le siège de l'âme exclusivement dans la boite cranienne, tiennent à trouver l'altération organique dans le cerveau ou les méninges. Et voyez combien il est curieux de suivre ici les tendances particulières (je n'ose pas dire les égaremens des esprits) des auteurs : les uns ont une prédilection pour les méninges, et encore là il y a des nuances — les autres ont un faible pour le cerveau etc. M. Lallemand fait jouer un rôle immense à l'arachnoïde. MM. Falret et Bayle à la pie-mère. MM. Foville, Pinel-Grandchant plus partiaux aux dure-mère et pie-mère. Georget au cerveau etc. etc. si je ne me trompe, il est pour la substance corticale ; d'autres pour les médullaire et grise etc. etc. A l'autopsie il n'y a rien de plus facile que de parler des causes matérielles : parcequ'on établit des corré-lations suivant les circonstances, et qui ne sont souvent rien moins que rationnelles. Par cela que je montre les erreurs dans lesquelles sont tombés les organiciens, je proteste contre le système des spiri-tualistes ou vitalistes etc. tous les exclusifs ont tort : prouvons-le par leurs propres argumentations.

Le D.ʳ Bird, un des plus violens organiciens de l'Allemagne, dit *Pag.* 61. *Vol.* I.

« Il y a des manies plus ou moins aigues et par cela même plus curables, où il n'existe point d'alté-ration organique, tant qu'on veut des choses qui frap-pent les sens .... mais il y a des anomalies dans le sang, la respiration, la circulation, les systèmes vasculaire, nerveux, — dans les *formes, mixtions* et *fonctions* — des cas où seulement la *dynamie* est anormale : ce sont des aberrations qu'aucun scalpel ne saurait découvrir — mais bien pendant la vie — un œil exercé...... » Prenons maintenant Heinroth, le représentant des spiritualistes.

Il commence ainsi le §. VI. vol. I. de son Traité des maladies de l'âme.

« C'est en vain que nous cherchons à séparer le corps de l'âme, ou l'âme du corps. L'idée moi, homme, individu, emporte la non-séparation du corps et de l'âme. . . . . le visible et l'invisible ne forment qu'un seul tout : non seulement ils ne sont pas séparables, mais ils ne sont pas même différens. *Pages* 199 et 200 — en parlant de l'influence du corps sur l'âme, Heinroth dit :

« . . . . . . *L'organe est donc la condition indispensable des manifestations de l'âme. . . . . .un autre organe, une autre âme. L'organe sain, l'âme saine; l'organe malade, l'âme malade.* . . . . , ... »

Je ne cite ces passages que pour montrer qu'aussitôt que les auteurs à idées arrêtées ou fixes, sortent des bornes communes, soit à force de discuter, soit en se laissant aller, ils offrent à leurs adversaires des armes de leur arsénal; voilà comment je m'explique cette dissidence d'opinions.

Maladie mentale, maladie de l'âme, de l'esprit... de l'entendement etc. réveille en nous, l'idée d'un trouble intellectuel, intangible, imperceptible, comme l'esprit même. *Vitalistes.*

Maladie mentale ou du cerveau, désordre intellectuel, aberration etc. sont devenus des termes synonymes avec lésion, altération, vices organiques. *Matérialistes.*

Ainsi ce sont les associations d'idées incorrectes fournies par les différentes dénominations qui ont induit en erreur.

Si l'on se fesait de part et d'autre quelques concessions, je crois qu'il y aurait moyen de s'entendre.

Je pense que par induction, ou *à priori*, on pourrait dire que toutes les fois qu'il existe un dérangement mental, il existe un trouble, dérangement organique; mais comprenant, et par extension, sous la désignation de lésion, toute aberration survenue dans la structure, la mixtion, la plasticité de la masse encéphalique solide, liquide ou fluide, contenant ou contenu, et renfermant ainsi dans l'anatomie pathologique outre ce que le scalpel peut diviser, les pincettes, les yeux, le microscope. . . . peuvent saisir, encore des corps plus subtils, mais pas moins réels, tels que le fluide nerveux de Lobstein, la force vitale de Lordat, enfin des *pondera* qui échappent à nos moyens d'investigation ordinaires.

Ne sont-ils pas allés trop loin ceux qui prétendent, à *posteriori*, ou par expérience, avoir rencontré constamment, et qui osent avancer qu'on trouverait toujours (si l'on savait s'y prendre) des changemens organiques ou des causes matérielles visibles, tangibles de l'aliénation mentale.

D'où vient que les personnes qui ont fait une étude spéciale de l'anatomie pathologique, conviennent et avouent publiquement que cette science ne saurait fournir la clé de toutes les maladies.

Dernièrement encore j'ai assisté à une leçon d'anatomie, si bien enseignée par M. Dubreuil ; Voici à peu près les paroles du savant professeur de Montpellier :

« Messieurs, ne croyez pas que pour être bon praticien, il suffise d'être bon anatomiste ou même anatomopathologiste — personne plus que moi ne rend justice aux services rendus par l'anatomie pathologique — si on la connait on est meilleur médecin — il ne faut pas lui attribuer plus qu'elle ne peut — elle peut beaucoup — mais pas tout......»

Or ce langage, expression et résultat de profondes études, coincide parfaitement avec celui de M. Lobstein qui se voyait forcé d'avoir recours à son intempérie nerveuse. M. Dubreuil, plus réservé, ne tient pas à vouloir tout expliquer.

Il est consolant de voir des hommes qui cultivent avec ardeur et succès une science favorite, avouer qu'elle ne mérite pas la valeur que les demi-savans toujours plus intolérans lui prêtent . . . . . .

Les axiòmes que M. Esquirol a énoncés en 1816, sont encore vrais aujourd'hui, il dit :

« Beaucoup d'ouvertures de corps d'aliénés n'ont présenté aucune altération quelconque. »

« Toutes les lésions organiques observées chez les aliénés se retrouvent dans d'autres sujets qui n'ont jamais déliré. »

Combinant entre eux les corollaires de M. Esquirol posés en 1816, les renforçant au besoin par mes propres observations recueillies dans les services de MM. Pariset, Mitivié et Falret, et je dirai même dans les autres hôpitaux qui ne reçoivent point d'aliénés, considérant que le langage de M. Esquirol est le résumé d'une longue expérience, rapprochant le fait arrivé à MM. Dubreuil, Lallemand, Rech, qui met en toute évidence l'exactitude des deux corollaires —je conclus que dans l'état actuel de la science il n'y a rien de positif encore sur le siège matériel des maladies mentales.

Les vésanies me semblent se rapporter aux maladies réputées nerveuses, ou nevroses pures (l'épilepsie, la rage, la migraine, hystérie, hypocondrie, tétanos etc. etc. toutes affections nerveuses, apportant point ou peu de trouble dans la circulation, et dont on ne connait ni la *nature*, ni le *siège*,) comme les fièvres essentielles se rapportent aux phlegmasies.

Dans les vésanies qui font le désespoir des localisateurs, c'est principalement le système nerveux ; intracranien et extracranien — l'instrument de la force vitale — la dynamie canalisée ou materialisée qui est affectée. Dans les fièvres essentielles au contraire, où le pouls varie jusqu'à l'infini, c'est plutôt le système vasculaire qui est en défaut.

Ma proposition, qui n'a d'autre inconvénient ou d'absurdité que d'être un langage mathématique, formule parfaitement ma pensée.

Vésanies : Névroses :: f. essentielles : phlegmasies. Langage plus humain ou plus intelligible:

Maladie vague ou contestée (vésanies) est à une maladie un tant soit peu moins vague (névroses) mais contestée, *toutes les deux essentiellement nerveuses.*

Comme une maladie contestée (f. essentielles) est à une maladie étudiée à satiété (phlegmasies,) *toutes les deux révêtant la forme inflammatoire.*

Ce serait à la physiologie pathologique de nous dire à quoi tient la périodicité! Cette question a fourni le sujet d'un grand article dans le Dict. des Sciences médicales. Comme tout y est hypothétique, je me dispense de l'analyser. L'idée hypothétique prédominante dans cet article consiste dans l'admission de la puissante influence de la lune . . . or, je demande comment la lune aurait pu entretenir pendant six ans et demi, la periodicité constante d'une affection se répétant réguliérement tous les deux jours? Confessons donc notre ignorance.

Que se passe-t-il dans le cerveau? N'y a-t-il que trouble fonctionnel? Le cerveau fonctionne bien aujourd'hui, il fonctionna mal hier, demain il en fera encore de même; mais après-demain nul désordre ne sera perceptible. Y a-t-il lésion organique, et où ?

Toutes les fonctions, celles de la vie végétative et celles de la relation s'accomplissent parfaitement; et alternativement, tous les deux jours, l'entendement est intègre.

Lors de mon passage par Bonn, j'allai voir MM. Jacobi et Nasse — tous les deux, comme on sait, organiciens — Jacobi voyant l'âme repandue sur toute la surface du corps, Nasse faisant jouer un grand rôle au cœur. La pièce de conviction en mains j'entrai en consultation avec ces Messieurs — pour pouvoir enfin interroger avec eux la nature, voir où elle péchait etc. etc.

Savez-vous ce qu'il en résulta ? Que ces auteurs infaillibles dans leurs livres, furent aussi embarrassés que moi, pour constater un vice organique, ou seulement pour m'indiquer *sur le vivant,* celle des fonctions animales qui s'opérait anormalement. . . . . .

« Il faudrait voir et observer M. Cork pendant plusieurs semaines successives, pour être sûr. . . . En attendant, nous vous conseillons d'appliquer un séton . . . . » Voilà le résultat de cette conférence.

D'où vient que chez mon malade le réveil est constamment suivi d'une exaspération dans les symptômes, d'une explosion etc. ?

Dans l'état physiologique et même pathologique ordinaire, un sommeil rafraîchissant de quelques heures produit une détente générale, un mieux être marqué. Tous les médecins savent que chez leurs malades il y a rémission le matin, et exaspération le soir. Chez M. Cork c'est l'inverse. Plus il dort, plus il est mal. Le matin ou immédiatement après le sommeil il n'est jamais calme — la lucidité ne se manifeste que peu à peu, et quelquefois seulement dans la soirée. Et dans ce que nous appelons *bon jour,* la seconde partie de la journée ou de l'intervalle de calme, est toujours plus lucide que la première moitié.

Le fait que je signale ici est tellement vrai et ancien, que M. Esquirol tenait un jour M. Cork réveillé pendant une nuit entière. Il en est résulté que M. Cork a eu un intervalle lucide de deux jours, et d'une nuit.

Moi-même j'ai voulu le faire voyager la nuit, pour voir si le bon jour continuait indéfiniment . . . Aussi long-tems que j'ai pu fixer et occuper son attention, et prévenir ainsi l'approche du sommeil, tout allait on ne peut mieux ; quelquefois la lucidité se prolongeait jusqu'à deux et trois heures du matin— mais l'assoupissement le plus léger d'une minute, d'une seconde seulement, suffisait pour changer l'état lucide, en paroxisme violent, et aussitôt il fallait de nouveau serrer le gilet.

A quoi tient ce phénomène extraordinaire ?

S. 5. PHILOSOPHIE MORALE.

L'essence ou le terme final (la connaissance de l'homme) *de la physiolologie trascendante et celle de la philosophie sont identiquement les mêmes.*

Envisagé sous le point de vue philosophique le cas de M. Cork peut être mis en contact avec l'éthique. Le moraliste, quelle opinion a-t-il à se former des actes de M. Cork. Il n'est plus question ici de leur validité légale : ce point ne regarde que la médecine judiciaire, ou du forum. Que doit-on penser d'un membre de la société, qui troublé seulement par intervalles — commet alternativement et régulièrement des actes contraires et opposés les uns aux autres — santé et maladie — Si mon malade, par exemple était théologien, ou médecin, ou avocat etc. faudrait-il lui interdire l'exercice de sa profession ? Ses conseils doivent-ils être écoutés et pris en considération, ou bien être regardés comme nuisibles à la communauté ?

J'avoue que si une question de ce genre m'était posée, je me sentirais très embarrassé de la résoudre. Nous voyons ici se confondre l'éthique avec la médecine légale : toute la différence ne consiste peut-être qu'en ce que la première n'est que théorique (elle n'a jamais à se prononcer publiquement) tandis que la seconde (médecine légale) est essentiellement pratique. Le magistrat veillant à ce que nulle atteinte ne soit portée à l'éthique ferait bien d'être anthropologiste, c. à. d. psychologiste, c. à. d. physiologiste.

Si les logiciens étaient moins engagés dans leurs discussions didactiques et le plus souvent spécieuses sur les syllogismes, je souhaiterais qu'ils s'occupassent un peu des phénomènes pathologiques de l'esprit. — La logique si minutieuse, si subtile dans ses observations sur le mode de raisonner, de philosopher, de systématiser, ne s'inquiète d'aucune façon de la raison en état de maladie. Les associations vicieuses des idées, les conceptions et perceptions fausses, même les illusions et hallucinations, me semblent du domaine de la logique et de la psychologie.

Pendant mon séjour en Allemagne, j'ai eu des conférences fréquentes avec les premiers philosophes actuels du pays (Schelling, Schupart.) Je dirigeais toujours mes conversations sur les opérations de l'entendement dans l'état maladif . . . . . Me croira t-on ? ces logiciens étaient si non plus, du moins autant embarrassés que les médecins, sur le mode d'explication de ces phénomènes pathologiques ?

J'avoue que je n'ai point d'idées arrêtées ou précises sur la différence qui existe entre les illusions et les hallucinations. Mais voici ce que j'en pense :

Pour avoir des illusions, je crois, qu'il faut avoir des sens, et que ces sens fonctionnent : mais leur fonctionnement est vicieux ou perverti. On voit, mais on voit mal; on entend, mais on entend mal. Illusion ou erreur des sens serait donc synonyme.

Je regarde au contraire les hallucinations comme des perceptions du sens intérieur, des conceptions intellectuelles qui ne demandent ni l'intervention ni la coopération des sens extérieurs.

Je vois que cette distinction est à peu près celle qu'établit M. Esquirol. Cet auteur dit : (*Des maladies mentales par M. Esquirol. Vol.*I. *p.*202 203 *et suiv.)* « Ce symptôme (les hallucinations, les visions) est un phénomène cérébral, intellectuel, psychologique, les sens n'y sont pour rien, tout se passe dans le cerveau. Dans les illusions au contraire la sensibilité des extrémités nerveuses est altérée, elle est exaltée, affaiblie ou pervertie ; les sens sont actifs, les impressions actuelles sollicitent la réaction du cerveau. »

Il résulte de cela que l'aveugle ne saurait avoir des illusions de la vue, mais bien des hallucinations de cet organe. Le sourd n'aurait pas des illusions de l'ouie, mais il pourrait bien avoir des hallucinations de cet organe.

Les choses se passent-elles bien ainsi ? — Toujours est-il que si les médecins étaient plus philosophes et les philosophes plus physiologistes, l'anthropologie, la science de l'homme, ne pourrait qu'y gagner.